영언동인 제7집

두루마리구름

김수환, 김진숙, 문수영, 손영희, 송인영, 심인자

윤경희, 이숙경, 이화우, 임태진, 정희경

이미지북

그렇게 기나긴 무더위에도 가을의 떨림은 또다시 찾아왔다. 어쩔 수 없이 젖어드는 계절의 난간을 딛고 자연은 또 연륜의 고개를 숙인다.

영언동인이 결성되고 어느덧 10년이라는 나이를 갖게 되었다. 생각해 보면 결코 짧은 시간이 아니었다.

동인이라는 테두리 안에서 사람과의 관계 그리고 글을 같이 논하고 접하기를 10여 년의 세월, 지금의 여기까지 왔다. 해를 거듭하며 나날이 창작 활동에 심혈을 기울이고 한마음 한뜻으로 영언동인을 이끌어옴에 진정으로 감사하다는 말을 하고 싶다.

절대 혼자서는 할 수 없는 것이다. 자찬일 수도 있겠지만, 동인 모두가 시조단에서 열심히 작품 활동을 하고 있음은 굳이 말하지 않아도 알 수 있으리라.

작년 한 해는 동인지 발간을 하지 않았다. 좀 더 동인지다운 책 발간에 한 해 쉬기로 뜻을 모았다. 떨리는 마음으로 영언 동인지 7집 『두루마리구름』을 내놓는다.

11명 회원들의 한 해 결실이다. 작년과 올해 발표작 5편과 신작 2편씩을 싣는다. 제각기 가지고 있는 감성과 시조의 세계에 함께 빠져 보았으면 하는 바람이다.

나날이 발전하는 영언동인이 되기를 바란다.

2017년 11월

영언동인 일동

두루마리구름

문 수 영 시 인

손 영 희 시 인

정 희 경 　 시 인

김 수 환

2013년 〈시조시학〉 등단

〈신작〉
꽃대/ 소, 돼지들 있습니다

〈발표작〉
음모/ 뒤를 준다는 것/ 빈 집/ 소피마르소/ 양파와
깁스

꽃대

잡풀도 하나 없이 정돈된 파란 잔디밭
노란 꽃들
한 뼘 위 공중에 떠 있다
꽃대는 보이지 않고 환영처럼 떠 있다

저 꽃, 자기 목을 허공에 걸고서
안간힘
팽팽하게 하늘을 잡아당기다
눈자위 또 붉게 젖는 어제처럼 긴 하루

그렁그렁 밤낮 가고 깨알 같은 씨 맺히면
다 왔구나
이 먼 길 목을 툭, 툭 꺾는다
일평생 나를 떠받쳤던 어머니 그 주름진 목

소, 돼지들 있습니다

불고깃집 입간판 "소, 돼지들 있습니다"
맑고 큰 눈망울과 복스런 미소 지니고
나면서 죽는 날 받은 공산품들 있습니다

저 혼자 무슨 생각 저렇게도 깊은지
일생을 주억거리고 일생을 반추하며
순해서 마음 아리는 눈빛들이 있습니다

오늘은 생각도 미련도 다 버리고
젓가락 바삐 오가는 매운 연기 속에서
마블링 아롱사태지는 소, 돼지들 있습니다

음모

오랫동안 고장 났던 화장실 등燈을 고친다
먹고 버리는 일 어두워 편할 때가 있다
누군가 인간적이라면 적당히 어둡다는 말

등燈이 없는 화장실 정물처럼 앉아서
문틈으로 들어오는 빛줄기를 본다
어둠에 길든 자에게 건네는 빛, 그 긴 손가락

등燈을 커니 희망은 황급히 밀려나고
하얗게 질린 바닥에 까맣고 꼬불꼬불한
내 생에 드리운 음모 몇 가닥
"불 들어갑니다."

뒤를 준다는 것

못 이기는 척 슬쩍 등을 내주는 것은
등으로 누군가를 안고 싶은 사람은
빈 벌판, 배경도 없이 혼자였던 사람이다

부끄러운 가슴 대신 등을 내주는 것은
한 번쯤 눈 질끈 감고 뛰어내리고픈 사람은
이 만큼, 이 만큼이면 내려놔도 되는 사람이다

이제 더 재보지 않고 뒤를 준다는 것은
차마 견디지 못하고 항복하는 사람은
등의 말, 읽어줄 이가 그리운 사람이다

빈 집

목욕탕, 플라스틱 팔걸이 의자 앞에
팔순 아비 몸을 씻는 육순 아들 분주하다
앙상한 생의 저녁에 멈칫대는 저 손길

황소바람 숭숭 뚫는 해지고 닳은 남루
굽은 기둥 서까래들, 힘 부치는 오두막
까무룩 잠기는 어둠 몇 겹이나 깊어졌나

뉘신지 참 고맙소만, 고물거리는 검은 입
아닙니다, 아녜요 잠기고 마는 "아버지"
이 빈 집, 불 다 꺼져도 제게는 궁궐입니다

소피마르소

남강 변 진주시 지정 현수막 게시대
"소피마르소 산부인과 요실금 수술전문"
스무 살 소피 마르소가 환하게 웃고 있다

말라야 하는 소피
마르지 않는, "소피, 마르소!"
흰 이마 붉은 입술, 그리운 마르소 시절

화들짝
생을 지리는
서답 같은 겨울 강

양파와 깁스

방심은 금물, 집중하는 게 좋아
한 겹씩 벗겨지면
생각이 작아지거든
남몰래
흔들릴 때는 깁스를 하는 거야

어쨌든 우리 하루는 위태로운 거라서
몇 겹씩 둘둘 싸매는 게 좋을 거야
상처는 곧 아물지만
흉터는 오래 생각해

양파같이 깁스 하고
양파같이 우는 거야
깁스 위에 말하고
깁스 위에 쓰는 거지
서로의
뻔한 깁스는
양해하면서 말이야

김 진 숙

2006년 〈제주작가〉, 2008년 〈시조21〉 신인상
한국시조시인협회 신인작품상 수상
시집 『미스킴라일락』

〈신작〉
난해한 아침/ 겨울에는 길이 더 잘 보인다

〈발표작〉
도서관이 따라왔다/ 달과 까마귀/ 푸른 모과/ 조용
한 말/ 업사이드 다운

난해한 아침

트로이목마 병사들처럼 소리 없이 몰려와

고내봉 턱밑까지 초가을이 침투한 아침

안개는 나를 버리고 저만 혼자 내렸다

겨울에는 길이 더 잘 보인다

온전한 겨울 숲으로
함께 걸어가리라

어둡던 세상 밖으로
누군가의 앞선 발자국

눈 내려 오직 한길에
내 발바닥을 포갠다

도서관이 따라왔다

보수동 책방 골목에서 시집 한 권을 샀다
'부산진여자상업고등학교' 도서관이라 찍힌
삼십 년 대출된 시집을 삼천 원 주고 샀다

넘어지고 쓰러지고 때로는 훌쩍였을까
사춘기 문학소녀의 손때 묻은 치열함으로
시리게 밑줄 친 봄날 도서관이 따라왔다

바람 좋은 창밖으로 꽃 피듯 꽃이 지듯
무심히 가방에 담겨 반납되지 못한 시어들
그녀가 문득 다가와 사투리를 쏟아낸다

달과 까마귀
—이중섭

창가에 턱을 괴고 그려보는 아내 얼굴

그립다, 덧칠하면 바다 한 뼘 깊어지고

바람 든 겨울 무처럼 등허리가 시려온다

가난한 붓끝에서 갓 태어난 은빛 날개

현해탄 저 너머를 얼마쯤 날았을까

전깃줄 감전된 밤에 까마귀가 돌아온다

불면으로 날아드는 막다른 골목 어디

아내가 오나보다 두런두런 하늘이 끓고

화공은 온 힘을 다해 달 한 쪽을 깁는다

푸른 모과

열여덟 꽃의 힘으로
열매가 되기까지

바람에 불쑥, 떨어져 멍든 시간

단단히 마음 붙들고
살아보라 하신다

조용한 말

아이의 목덜미에 나비 한 마리 앉아 있다

'열여섯 서툰 언어를 들은 적이 있나요'

툭 던진 질문의 안쪽, 그 안에 내가 갇히고

수없이 바늘 끝을 바람이 듣고 갔을까

얼비친 세상 저편 날갯짓의 푸른 나비

태양을 건디는 오후, 꽃들이 수군댄다

업사이드 다운*

그리운 아이들이 손을 잡고 돌아올까
목이 긴 사월이면 비가 자주 내린다
푹 젖은 안부 편지를 맨발로 쓰는 꽃비

서귀포 성당 밖에 바닷물이 차올랐을까
유리화 창 너머로 흘러드는 노란 눈빛들
팽목항 아버지들이 종탑으로 오른다

눈물이 따뜻해야 아이들이 돌아온다
물구나무로 서 보아야 밑바닥이 만져지는
세상과 마주하는 일 눈물이 절반이다

천 개의 바람이 모여 어린 싹을 틔우듯
천국으로 가는 계단 모둠발로 나아가야
기나긴 여행가방을 끌며 아이들이 돌아온다

* 제1회 '강정국제평화영화제' 개봉작.

문 수 영

2003년 〈시를 사랑하는 사람들〉 시 등단
2005년 중앙신인문학상 시조 당선
시조집 『푸른 그늘』, 『먼지의 행로』, 『화음』

〈신작〉
분수 / 그립고 그립고 그립다

〈발표작〉
백일홍 ·2/ 섬/ 이후以後/ 가시연꽃/ 남천

분수

거미줄 빠져 나가 날개를 펼치리라

일탈을 꿈꾸었다 사방으로 튀는 물방울

애벌레 허물 벗고서 하늘 길 따라간다

훌훌 버리고 떠난 길 이내 되돌아온다

흩어졌다 모여서 한몸 되는 물줄기

상처를 다독이면서 강으로, 먼 바다로

그립고 그립고 그립다
―"김광석 다시 그리기 길"에서·2

멋진 로맨스 꿈꾸며 청춘을 태운 사람
그의 얼굴 그리고 노래를 다시 부른다

상처난
구석구석을
치유하는 꽃송이

슬픔 머금은 나비 미소 혼자서 삭이고
그래도 못 부른 노래 거리에 살아남아

영원히
지지 않는 불꽃
가슴마다 파닥인다

백일홍·2

어둠 딛고 열리는 아침

바람이 소리 지른다

아이는 울고 전화벨은 울리지 않는다

아리게

가슴을 치던 장미향 사라지고

돌개바람 속에서도 꽃잎은 다시 피는데

초점을 찾지 못하는 그리움 되돌아오고

물감 푼

하늘 아래서 허수아비처럼 서 있다

섬

−제주도

구름 위에서 보았을 때
해무에 싸여 있었다
첫날밤 신부인 양
꿈 속의 첫사랑인 양
치마를 들썩이면서 베일 벗는 은세계

한라산을 오른다
산 업은 바다 바람
한겨울에도 매화가, 동백이 피어 있네
소음도 비껴가는 곳, 외벽을 두른 듯

돌하르방 부릅뜨고 동구 밖 지키네
해녀 누이 그리면서 물회 한 입 삼킬 때
어디서 날아왔을까?
휘파람새 한 마리

이후以後
—"김광석 다시 그리기 길"에서·1

하늘에서 오토바이로 세계일주 하는지
흔들리는 목소리 해맑은 웃음 듣는다
상처를 끌어안으며
토해 낸 노래들

꿈 속에서 살다가 눈 뜨면 새장 안
자신의 아픔보다 남의 아픔을 슬퍼한
그대여 들리는가요?
허공에 메아리친다

아버지를 찾는다는 현수막 펄럭인다
이집 저집 눈치 보며 옮겨 다닌 노후老後
눈 감고 귀 막은 날들
비상구
찾았는지…

가시연꽃

아무도 가시연꽃 피는 내력 모른다네
물에 잠겨 길허리 물고 있는 수양버들도
외발로 물끄러미 서서 바라보는 왜가리도

처음부터 이 곳에 늪이 있지는 않았다
물 속에 담긴 것들이 하나 둘 늘어나면서
깊숙한 어둠 속으로 속내를 감추었다

잊지 않고 찾는 철새가 들려주는 이야기
사연 많은 사람들이 떨구고 간 푸념덩이
켜켜이
쌓인 아픔 딛고 선명하게 피어난다

남천

길 위에 길 밖에 널려 있는 개망초 같아
눈길 한 번 안 주었네, 봄 여름 훌쩍 가고
가을에 문득 보이네
타오르는 잎사귀

미루나무 잎사귀 반짝반짝 몸 뒤집을 때
안개 속 헤매이던 수많은 불면의 시간
드높은 격랑 이겨 내고
펄럭이는 깃발

단풍보다 붉은 잎새, 터질 듯 붉은 열매
온몸으로 다져진 흔들리지 않는 기상
헐렁한 길을 지키며
이정표처럼 서 있네

손 영 희

2003년《매일신문》,〈열린시학〉으로 등단
오늘의시조시인상, 이영도시조문학상 신인상, 경
남시조문학상 수상
시집『불룩한 의자』,『소금박물관』
선집『지독한 안부』

〈발표작〉
문산택시 승강장에서/ 그 겨울, 변산반도
시래기 엮음歌/ 세비야/ 문/
노인을 위한 나라는 없다/ 바다로 간 노인

문산택시 승강장에서

소읍 한 귀퉁이 그들의 왕국이 있다

음담과 패설이 충직한 주민이다

차부의 재떨이처럼 삼삼오오 엉켜서

어쩌다 바람 불면 떠밀리듯 사라졌다

어느 새 돌아와 꼬리 물고 정박하는 섬

폭염은 고지서처럼 사정없이 달려들고

좀처럼 열리지 않는 은행을 국경으로

미스 양 스쿠터가 소나기처럼 훅 지나는

저 소읍 한 귀퉁이에 그들의 내일이 있다

그 겨울, 변산반도

바람의 일대기를 마구 덧칠하는

화폭은 좌초한 배 한 척을 올리고

탄생의 비화를 엮어 절여 놓는 항구들

어느 순간에 길을 잘못 들었을까

곰소에 염전은 없고 검은 실루엣만

사나운 청춘의 시기를 낙관처럼 찍고 있다

시래기 엮음歌

한데에 그대를 널자 생기가 사라졌다

묶이는 어떤 생은 갈피가 많다는 것

기어코 남은 향기는 허공에나 꽃 피운다

혼이 나갔으니 날마다 환청인데

조이면 바스라질 목줄처럼 서걱대다

서러운 싸락눈에나 뺨을 내줄 뿐

몸을 부풀리던 기억의 습성은 남아

사막에 길을 터 준 별빛에 기대어

시 한 편 물에 불리며 여물어 가겠네

세비야

기어이 못 볼 것을 보고야 말았을까
때묻은 동전을 따라가는 시선은
어떠한 감정도 없는 구걸의 눈길이었네

여행의 노독을 풀어 줄 낭만은 멀고
무례한 늙은 악사의 영혼 없는 연주가
이국의 생소한 음식처럼 목에 걸린다

아이를 들쳐업고 밥을 빌러 나온
깊고 막막했던 거지 아낙의 눈빛을
멀고 먼 이방의 거리에서 귀울음으로 듣는다

문

쥔,
쥔,
문 여소
문 안 열면 갈라요

문 여소
문 여소
문 안 열면 갈라요

문고리
잡힌 세월아

문 여소

쥔,

쥔,

노인을 위한 나라는 없다

여기 그들만의 수상한 나라가 있다
바람 한 점 들지 않는 평균기온 28도
노년의 여자들에게만 입장이 허락된다

지루한 하루하루를 대문 밖에 유기한 채
무릎 관절과 어깻죽지 생애의 남은 시간
일당에 저당 잡히고도 기꺼이 주민이 된다

이 노동이 아니라면 무엇으로 날 증명하랴
죽은 자식 같은 고추를 따고 또 따다
저 홀로 유폐되어서 섬이 되어 돌아가는

바다로 간 노인

기울어진 한 사람이 바다로 가고 있다

물에 담그면 곧게 펴지기라도 하는 걸까

엇박자 노래를 흥얼대는 팔다리가 멋대로다

몸이 기운다는 건 허물을 벗는다는 것

스스로 파도가 되어 부서질 줄 안다는 것

햇살과 바람이 일군 전 생을 완성하는 것

송 인 영

2010년 〈시조시학〉 신인작품상 등단
시집 『별들의 이력』

〈신작〉
노마드/ 그녀, 지심

〈발표작〉
유배지에 내리는 눈/ 판서정 문장/ 골목, 수기를 쓰
다/ 고사리장마/ 여름, 품바

노마드*

문 여닫는 순간마다 봉긋하게 다가온
새로 산 브래지어 따뜻한 가슴 보면
색색이 얼굴 드러내는
이 가을 오름 같아

밋밋했던 사람들이 두근두근 벅차올라
누대로 이어 오는 화산섬 시간 안고
눈웃음 되새김질하며
팽팽하게 솟구쳐

백약이 용눈이오름 다랑쉬 따라비오름
느낌대로 골라서 입어 보는 가을볕
서랍장 나의 게르에는
유목민이 살고 있지

* 유목민.

그녀, 지심*

봄 햇살 그러안고
섬을 떠나 섬에 왔다

노을도 비껴 앉는
저 서러운 동백 바다

그녀는 열여섯이었다,
80년 동안 볼 붉은

* 경남 거제에 있는 섬.

유배지에 내리는 눈
— 조정철, 홍윤애 추모시에 답함

혹한 값은 치렀다, 입춘대길 우수리다
중산간 유수암리 희미해진 길을 따라
안고 온 소국 한 단을 조용히 내려놓네

첩첩한 귀양살이 해배된 지 두 해 만에
유서처럼 남은 무덤 갈필로 쓰다듬고
돌아온 그 사내장부가 끌어안은 돌비석

"공을 꼭 살리려면 내가 죽어야 합니다"
단말마 숨비소리 끝없이 자맥질하며
이백 년 곰삭은 그리움 오늘에 임하시어

지키기 위해서는 입 꼭 다물어야 하는
오일장 옷핀처럼 오달진 세상을 위해
소복이 내리는 봄눈 비문을 읽고 있네

판서정判書井* 문장

내 안에 반짝이는 햇살들을 펼치듯이
웅크린 불면의 밤 닦아 낸 시장에서
보았네, 유배인이 팠다는
터만 남은 우물을

가 닿지 못한 마음 물 속에 깊이 담가
붓 대신 온몸으로 읽고 쓴 세상 안고
우물이 떠올린 그 하늘
손톱 위에 새겼나

못 쓰는 날이 많은 가난한 내 시편도
저렇듯 간절하면 물꼬 다시 트일까
받아든 한 편의 시가
푸른 날개를 다네

* 판서를 지낸 충암 김정이 제주에 유배되었을 때 판 우물.

골목, 수기를 쓰다

햇살의 초침 소리가 세상을 흔들어 깨워

이제 더는 휘지 않는 할머니 등 뒤에서

수북이 피어난 벚꽃, 그 밤길 읽어 본다

마술처럼 순대 팔아 목숨을 얻었다며

난타에 버금가는 아름다운 손놀림으로

한 접시 쌓은 추억을 건네주는 할머니

자꾸 목에 걸리는 허기진 이야기지만

지울 수 없는 슬픔 꽃이 될 수 있다고

숨겨진 과거를 펼친 할머니가 웃는다

고사리장마*

불구의 모습으로 소를 키운 큰아버지

사라진 그 봄처럼 여태 소식도 몰라

곶자왈 무성해진 안개

소문처럼 떠돌고

가냘픈 풀잎들에게 찢을 듯 달려들어

세상에 향 꽂듯 내리는 무자년의 비

제삿날 아침부터 찾아와

된소리로 쌓이고

* 4월 제주에서의 짧은 기간의 우기.

여름, 품바

오일장 난전에는 가벼움이 그 주인공
각설이 분장을 한 제라늄 화분 앞에
태양은 저리 뜨겁게 눈웃음을 흘리고

끝물에 피는 꽃은 부끄러움 전혀 몰라
흘러온 엿 같은 생 한판 놀아보자며
단숨에 경계를 지워 허리춤 드러낸다

죽어도 죽지 않는 광대의 운명이라서
봇짐을 싸기 전에 슬픔 다 풀고 싶어
걷다가 뒤돌아보며 핼쑥하게 또 웃고

심 인 자

진주 출생
2012년 오누이시조 공모전 신인상
토지문학제 하동 소재 작품상
시조집 『거기, 너』, 『경상도 우리 탯말』 공저

〈신작〉
그케/ 멈춰 서서

〈발표작〉
덤덤 무덤덤/ 그래서 꽃/ 진실 또는 거짓/ 메아리/
현충원

그케

보미 할무이
저 꽃 보이소 할무이랑 꼭 닮았니더

아이구 야이야 맞다 저거 내 캉 똑 같다 흐물흐물
잘도 널찌네 나도 탱실탱실 하디마는 우짜다 쭈구
렁바가지 되가꼬 오그라지네 세월이 퍼떡이다 띠금
박질한기 아인데 눈 감은 거 맨치로 마카다 아련하
네 저저저, 저거 좀 잡아라 우짠다꼬 자꾸 벗노 우
야꼬, 참말로 우야꼬 저기 저 목련꽃은 봄이 되면
다시 피는데 나는 언제 다시 피긋노?

그케요, 아침 이슬 저녁노을 자고 자도 모르겠
니더

멈춰 서서

숭어 뛰듯 팔팔하게 꽃다운 꽃일 적에
돌핀호 날 듯이 해금강 물살 가를 때
지심도 붉은 동백은 포말 속에 자물치고

그 군인 면회하고 돌아오던 뱃머리
장승포 총각은 속내 같은 숭어회 떴다
쪽빛에 더펄거리던 장발 수런대던 봄볕

허리 굵은 나이 안고 다시 찾은 해금강
사월 끝 늙은 동백도 추억처럼 떠밀리고
퍼렇게 오한 든 바다만 감기든 양 쿨렁인다

덤덤 무덤덤

어깨가 기울었네요
생각도 살도 버렸네요

작은 상자 안으로
마디 풀고 들어가네요

화부는 덤덤 무덤덤
당신 담아 내네요

입술을 떠난 말들은
어디서 잡아 오나요

눈 안에 담았던
얼룩은 어디서 빼나요

쟁쟁쟁 들을 구멍을
잃은 귀도 떠났네요

그래서 꽃

간식 나온 호박죽
쫄로리 앉아 먹을 때

합죽한 입가에
동글동글 꽃 핀다

할매요 참말 이뿌요
우예 그리 꽃 같소

농담도 기분 좋게 해
늙은 기 뭐가 꽃이고

곁눈질로 흘기셔도
쪼글짜글 꽃 핀다

입가에 눈가에 피는
긴 시간의 흔적들

주름이라 말하면
손해 본 듯 아까워

세어 보다 눈 맞추면
골골이 퍼지는 웃음

신춘광 결 곱게 피운 줄
할매만 여태 모른다
.

진실 또는 거짓

산에 가 봐라
사람 단풍 단풍도 단풍

빨 주 노 녹, 앞 다투어
물들어도 슬픈 뒤태

저
잎
잎
붉은 진실로
뒤덮인 무릉도원

여의도에 가 봐라
사람사태 말 사태

약속도 거짓이고
거짓도 참 약속인

저
입
입
태우고 태워도
재 없는 불구덩이

메아리

생활보호자 할매가
명절 선물 받았습니다

누구에게 들킬세라
워커에 매달았습니다

어둔한 걸음걸이로
문지방을 들락댑니다

안 오나 언제 올래
썩기 전에 오니라

묶었다 풀었다 하니
과일도 지쳐 드러눕습니다

창밖엔 무심한 구름뿐
외동딸은 메아립니다

냉장고에 보관하려는
직원과 실랑이 합니다

딸이 굶고 있다카이
고물 줍고 산다카이

워커에 매달린 사과들
할매 몸처럼 줄줄 웁니다

현충원

말을 버린 권봉삼의 묘
빗물이 씻긴다

조화 뻣뻣이 만발한 비석 앞에 서서

낡삭은
계급장 앞세우고
거수경례하는 이름들

뒤섞인 새들의 울음
못다 한 말이었나

산 자도 죽은 자도 말이 없는 현충원

무심한
수양 벗나무만
봄날 업고 흐드러진다

윤 경 희

2006년 〈유심〉 신인문학상
시집 『비의 시간』, 『붉은 편지』, 『태양의 혀』
선집 『도시 민들레』
대구예술상, 이영도시조문학상 신인상
2016년 대구문화재단 창작지원금 수혜
유심시조동인, 대구예총 편집위원

〈신작〉
그 여름 우포/ 비가悲歌

〈발표작〉
좌중座中/ 맛있는 잠/ 옥탑방/ 오동나무 안부/ 목욕탕
에서

그 여름 우포

보이지 않는 길에서 오래 서성거렸다

깊이도 모를 너를 가마득히 기다리며

그 멈춘 시간 속으로 온몸이 빠져들었다

결코 닿을 수 없음을 물풀들은 아는지

끝없는 수면 위에 견고한 성을 쌓는다

불현듯 잔잔한 떨림 푸른 늪이 차오르고

비가悲歌

아직 너를 보내기엔 나의 가슴이 너무 붉다 너무,

붉어서 차마 지울 수 없는 단애斷崖

끝끝내 놓지 못하는 무심의 그림자여

좌중座中

누군가의 뒷모습이 불현듯 눈에 박였다

겨울 햇살 서성이는 가지런한 백발 사이

숨은 듯 가려져 있다, 그대의 걸어온 길

다난함 모두 내려놓은 저 시린 어깨 끝

한순간 휩쓸려 간 여름날의 산사태 같다

헐렁한 등줄기에 꽂힌 시간들이 기우뚱하다

맛있는 잠

식육점 유리 안 해고당한 고깃덩이들

말간 비닐에 싸여 침묵으로 누웠다

오롯이 잃어버린 삶 등급으로 나뉘어져,

이유도 변명도 못한 비정규직 너의 비애

애먼 불빛 종일 안고 쥐 죽은 듯 단잠 자는

숱하게 걸어온 발자국 또 누구를 기다리나

옥탑방

그렇게 떠밀려 나온 허기진 세간살이

그래도 낮은 허공은 방 하나 내주었다

그제야 맘껏 누려 보는 지상의 따뜻한 배려

오동나무 안부

어디로 이사 갔을까 말없이 떠나 버린

주인 소식 기다리다 목이 꺾인 오동나무

철거 될 담벼락에 기대어

빈 집 지키고 섰네

어두컴컴한 골목길 행여 지나칠까 봐

두 눈 부릅뜨고 밤 지새는 가로등

허기진 우편함 문을 열고

녹슨 여름이 지나가네

목욕탕에서

저렇게 알몸으로도 웃을 수 있다니
우리 언제 저리 편한 적 있었던가

눈비음

다 내려놓은

낙원에서의 한때,

이 숙 경

2002년《매일신문》신춘문예
2015년 대구시조문학상
시조집『파두』,『흰 비탈』
시론집『시스루의 시』
대구시조시인협회
오늘의시조시인회의 사무총장

〈신작〉
섶마리 여자/ 별별 면소재지

〈발표작〉
뒤에게/ 진아영/ 연탄/ 애추崖錐/ 설화리

섶마리 여자

햇살이 비친 만큼 그늘도 드리운 만큼
빽빽이 어우러져 서로 받드는 유월 늪
베어 낸 그루터기에
갈대처럼 서 본다

넘실거리는 샛바람 곁눈질에 엎드려
습지로 잦아드는 개개비 울음소리
구멍난 셋잇단음 개개개
물크러져 나온다

한나절 가다 말다 반나절 귀 기울인다
잘 풀면 나올 듯한 두루마리구름 거게
망막에 오래 맺혔던
그녀가 울고 있다

별별 면소재지

생면부지 유가면 더구나 테크노폴리스
북으로 난 길에 깃든 더 포레스트 둥지
별것이 다 협동조합 촌것처럼 들어섰다

밤마다 개구리 소리에 복원되는 봉리 621
못에 빠진 몇몇 별 모서리를 터는 시간
비슬산 한 자락을 베고 비스듬히 눕는다

이미 등진 도시에서 사나흘 주저앉아
수취인 불명 반송될 구겨진 내 이름은
풀 죽은 종이 뭉치로 설면설면 잠들겠다

뒤에게

수십 년 맹인처럼 손질로 길들인 곳
필라멘트 끊어진 알전구 같은 뒤통수에
거꾸로 매달린 머리를 한 줌씩 빗어 내린다

뒷모습 보실래요, 잘 닦인 거울 속에서
고스란히 맞는 나를 눈동자에 담는다
생각을 가위질하던 푸른 날이 번뜩인다

안간힘으로 가는 길 얼마나 온 것인가
앞에서 벌이는 일 군말 없이 뒤를 봐준
등 뒤에 두 눈 하나쯤 나눠 달고 싶은 날

진아영*

턱 괴고 생각한다느니 한 턱 낸다는 말
그녀에겐 당찮은 슬픔의 관용어였지
씹어서 삼키지 못할 아픔이 우물거렸네

따뜻한 포유류의 둥근 턱이 사라진 뒤
어류의 아가미처럼 변해버린 입 언저리
죄 없는 사람이었다고 조아릴 틈 없었네

살아야 할 신념에 비할 바 없던 이념
오랜 총성 그 환청 무시로 관통하는
무명천 얼굴에 감싼 미안한 역사였네

* 4·3 사건 당시 토벌대 총탄에 턱이 소실되어 평생 무명천으로
턱을 감싸고 살다 가신 할머니 이름.

연탄

방고래 타고 들어가 아랫목 아첨하던
무쇠솥 양은냄비 넘치도록 끓어 대던
생목숨 호락호락 넘보던 오만도 한때였지

된바람 나부대면 오그라진 문명이
수채처럼 역류하여 거뭇하게 물들였다
어둠을 쿵쿵거리는 스물두 개 콧구멍

돌처럼 단단한 심지에 불쏘시개 댕겨라
저탄장 놀러온 빛들은 가끔 불을 붙였다
다 식은 아궁이 가득 푸른 꽃이 피었다

애추崖錐

굴절된 햇살 뒤에 그림자 옹송그렸다
틈서리 끼어들다 사라지는 빗방울
허공에 울타리 치듯 무지개를 걸었다

어르고 달래 봐도 본 둥 만 둥 얼어붙어
깊은 속 터주지 않는 메마른 가슴팍
깡그리 무너지고 싶던 만 년쯤 빙하 지나

온몸으로 게워내 물결치는 돌너덜
헤엄쳐 멀리 가면 강물과 만나리니
뼈마디 깎아지르는 바람에 몸을 살랐다

설화리

나뭇잎 져버리자 이름도 저버렸다

잔별을 솎는 바람 무뎌지는 새벽녘

떨켜에 아로새기는 묵언만 준열하다

팔랑귀 여과되어 오지게 그리운 것들

등걸처럼 굳어진 차디찬 땅심으로

눈보라 퍼붓는 날에는 속속들이 돌아왔다

이 화 우

2006년 《매일신문》 신춘문예 당선으로 등단
이호우시조문학상 신인상 수상
시집 『하닥』, 『동해남부선』
한국작가회의 회원, 오늘의시조시인회의 회원

〈신작〉
골격/ 월광

〈발표작〉
제부도/ 소루쟁이/ 동해남부선/ 원효의 답서 1/ 장
마를 견디다

골격

박동이 끝나고 말들이 돌아갔다

때 절은 지팡이에 도드라진 백채문

한동안 견디는 일을 건조하게 묻고 있다

월광

여름밤을 잡아끄는 동유럽 게스트하우스

첼로는 너무 느리고 주파수는 흐리다

어둡던 낡은 모서리에 그림자가 모인다

눕지 않으면 발목이 너무 길고 무성하다

심장과 머리를 두리번거리며 오가는 맥박

소멸한 얼굴들 와서 푸르게 내걸린다

제부도

달이 끌다 이만치 놓고 가는
섬 있네

무던한 곁이라도 속내 차마 보일까 봐

그 거리 욕되지 않게 당겨 보는

섬
있네

소루쟁이*

잘가당 잘가당 영락을 움켜쥐고

누구에게 들켰나 한낮 소루쟁이

수레에 한갓 끌고 온 잔주름이 보인다

여물던 씨방을 감싸 안고 흔들리다

부딪던 숨은 말도 저리 많이 싣고서

사나흘 잘가당거리다 여기까지 왔구나

금관 한 채 지으려면 어디까지 가야 하나

영랑한 소리들이 하늘 가득 채우던

그쪽 땅 여왕 잠자는 무덤까지 가려면

* 소리쟁이.

동해남부선
―나원 백탑

꼿꼿한

저 허리를

숙일 때도 되었건만

청태는 오히려 과분한 비단 한 필

마지막

성불 오시면 소지로 쓸

백서白書 한 장

원효의 답서 1
—破戒

蚊川가에 머물던 달, 이내 사라지네.

내 가득 채우던 달빛 이슥하게 빠져 나가네. 몽환 속을 헤매다 깨고 나니, 머무름도 떠남도 생멸도 다 깨닫지 못했네. 황홀하게 황홀함만 남은 육신 도리어 홀가분한데, 가사 장삼 얽매여 잃어버린 저자, 고함은 하늘에 있고 방편은 땅에 떨어져, 돌아갈 길 못 찾는 아이들 편에 서서 도울 수만 있다면 도울 수만 있다면, 한평생 북 치고 소고 치고 화전 왔듯이 와자지껄 사는 것도 그리 욕될 것 없으니 破戒라도 할까 보아

네 끼울 낡은 도끼는 盜性 안에 머무니

장마를 견디다

지상에서 비를 받는 소리가 각각이다

마른 밑자락이 때를 오래 기다린 듯

몸 안의 눅눅한 곳을 번갈아 품어 준다

허공을 할퀴며 내달리는 빗금들이
난간을 두드리며 가까이 다가오다
난해한 망치질 같은 흡착음을 나눈다

제어 못한 목청이 침묵으로 섞이다

너무 먼 길들은 중력으로 휘게 한다

썩다만 감자를 골라 부대 속에 담는다

임 태 진

2011년《영주일보》신춘문예 당선
2013년〈시와문화〉신인상
2016년 한국시조시인협회상 신인상 수상
시조집『화재주의보』

〈신작〉
영랑동백/ 홍가시나무

〈발표작〉
어떤 길/ 꽃길/ 다산초당/ 무화과/ 빙떡

영랑동백

애증이 깊을수록 핏물이 드는 건지

입동에서 입춘까지 삼세 번 피고 진 꽃

선천적 그리움의 색깔

예던 길*에 낭자하네

한 번은 나무에서 또 한 번은 땅 위에서

끝내는 가슴에서 불꽃처럼 살다 가신

임이여 다시 피소서

아름다운 이 봄날에

* 가던 길의 옛말.

홍가시나무

사월엔 그 누군들 뜨거워지지 않으랴
한낮에 뉴스에 뜬 공시생 자살 소식
산책길 어느 명퇴 공무원
가슴에도 불이 붙네

장미보다 엉겅퀴보다 더 작고 여린 가시
온몸에 비수처럼 덕지덕지 붙이고도
단 한 번 이름값도 못한 채
떨어진 청춘이여

불황의 세태 속에 문은 점점 좁아지고
불면의 나날 속에 꿈은 점점 작아지고
낮술에 취한 낮달만
휘청이며 가는 오후

어떤 길

잘못 든 길이었나 아스팔트 위 저 지렁이
어쩌다 여기까지 와서 말라 죽었을까
길이란 누구에게나
다 길이 아니었구나

지금 내가 가는 길은 제대로 가는 건지
오십여 년 달려와도 알 수 없는 종착지
그래도 가야만 하는
이제는 천형의 길

한 치 앞도 보이지 않아 헤매던 내 젊은 날
한밤의 등대처럼 이 길로 인도해 준
한동안 길이었던 사람
어디쯤 가고 있을까

꽃길

질 때가 필 때보다 아름답다 했던가
나풀나풀 춤을 추며 날리는 벚꽃 잎들
바람이 그린 수채화
한 올 한 올 지고 있네

그 길을 혼자 걷다
떠오르는 기억 하나
아내의 생일날에 큰딸아이 하던 말
"꽃길만 걷게 해 드릴게요 오래오래 사세요"

때로는 눈물 한 점 때로는 한숨 한 줌
어떤 날은 비포장길 어떤 날은 가시밭길
헤치며 걸어온 이십 년
돌아보니 꽃길이었네

다산초당

태산은 미풍에도 속절없이 흔들리고
풀잎은 폭풍에도 산처럼 꼿꼿한 집
무시로 들끓는 번민 현판에 아로새겼네

달뜬 마음 다스리려 차 한 잔 앞에 두면
은은한 향기 따라 근심걱정 사라지고
초당에 번지는 하심下心 한지에 스며드네

'생각을 맑게 하고 용모를 엄숙히 하며
언어에 과묵하고 행동을 신중히 하라'
사의재四宜齋 평생의 좌우명 결기로 쓴 목민심서*

* 조선 후기 실학자 정약용이 유배지인 다산초당에서 완성한 책으
로, 지방의 수령들이 지켜야 할 일들을 자세하게 기록했다.

무화과

속에서
피는 꽃이
어디 너 하나뿐이랴

뚫어도
뚫리지 않는
견고한 세상의 벽

가슴만
두드리다가
피 토하는 저녁 놀

빙떡

메밀꽃이 필 때면
생각나는 떡이 있네
솥뚜껑을 뒤집고 돼지기름 살짝 발라
메밀전 얇게 부친 후
무채 삶아 말아서 만든

메밀꽃이 질 때면
먹고 싶은 떡이 있네
코시롱한 그 냄새 배지근한 그 맛 따라
산에서 몰래 내려온
한 소년이 숨어서 먹던

메밀이 익을 때면
그리운 떡이 있네
무자년에 행불 된 막내삼촌 기일 날에
뒤돌아 눈물 훔치던
우리 할망 손등 같은

정 희 경

2008년 전국시조백일장 장원으로 등단
2010년 〈서정과현실〉 신인작품상 당선
가람시조문학신인상, 올해의시조집상, 오늘의시
조시인상 수상. 〈한국동서문학〉 편집장, 어린이시
조나라〉 편집주간
시조집 『지슬리』, 『빛들의 저녁시간』

〈신작〉
길고양이/ 청량사

〈발표작〉
종이컵/ 용접/ 구조조정, 그 후/ 대서大暑/ 갈치젓

길고양이

어둠에 웅크린 몸 활처럼 휘어 있다
현란한 불빛 건너 과녁은 아득한데
골목에 쏘아 올리는 푸른 화살 눈동자

그네도 흔들리다 멈춰선 지 오래이다
온기 식은 놀이터에 달빛만 홀로 남아
불 꺼진 반지하 창문 화살 흔적 어룽지다

청량사

워낭이 풍경風磬 소리
벼랑까지 끌고 간다

하늘다리에 매어둔 놀
소 한 마리 끌고 간다

단풍도
극락왕생하는
귀가 맑은 청량사

종이컵

90℃ 커피가 자꾸 화를 돋우더니
서서히 식고 있다 온몸이 축축하다
늦도록 불 밝힌 사무실 만년 대리 책상 위

새벽을 들이켜는 손가락이 희고 길다
복사기의 거친 숨결 보고서를 씹고 있다
한순간 사정없이 구겨져 던져지는 24시

간벌한 숲 사이로 울리는 브라보 소리
두 손으로 감싸는 체온은 남았는데
찰나가 지나간 거리 칼바람에 밟힌다

용접

널 만난 순간순간 불덩이는 꽃이 된다
잡았다가 놓았다가 긴 거리를 당기면
절정에 나는 녹는다
붉은 포옹 후끈한

손마디 지문들은 다 닳아 꽃이 핀다
꽃잎들 흩어지고 증언할 길 없다 해도
절정에 나는 녹는다
내 어머니 어머니처럼

구조조정, 그 후

구덕산 오르는 길 침목들이 밟힌다
더 촘촘히 내어 준 가장의 긴 등허리
기차가 닿지 않는 역 기다림이 가파르다

소음도 진한 소음 다 받아 낸 낡은 몸
목이 쉰 메아리가 쇳물을 뱉어 낸다
올라야 훤히 보이는 등뼈같이 곧은 길

갈라진 틈 사이로 곤줄박이 쉬다 가고
정상엔 진달래가 한창이라는 소식이다
희미한 나이테 따라 기차가 돌고 있다

대서大暑

몸 빨간 소쿠리에 푸른 사과 너덧 알

운촌시장 한길 가 뙤약볕에 나앉았다

온종일 누렇게 뜬 얼굴 기다림이 나른하다

단내 쫓던 초파리들 초점이 흐려진다

물기도 말라가고 아삭함도 지워지고

푸석한 몸뚱어리들 날이 함께 저문다

갈치젓

통곡의 제주 바다 토막토막 절인다
억새가 꽃 피려면 아직도 먼 봄인데
살아서 퍼덕이는 해 다랑쉬를 오른다

은빛 비늘 일제히 파도로 밀려가는
삭을 대로 삭아서 하얗게 밀려가는
밀려서 미어진 자리 눈물꽃이 벙근다

그 날을 뒤집으면 짠 내만 남아 있다
봄날이 지워진 채 문드러진 가슴 한 켠
중산간 다랑쉬 마을 억새들이 절여 있다

「접시꽃」_박권숙

- 1962년 경남 양산 출생
- 1991년 중앙일보 중앙시조지상백일장 연말장원 등단
- 시조집 『겨울 묵시록』, 『객토』, 『시간의 꽃』, 『홀씨들의 먼 길』
  『그리운 간이역』, 『모든 틈은 꽃이 핀다』, 『뜨거운 묘비』
- 5인 선집 『다섯 빛깔의 언어풍경』
- 중앙시조대상, 이영도시조문학상, 최계락문학상, 한국시조작품상,
  중앙시조대상 신인상, 노산시조문학상 등

접시꽃

낮달을 이마에 올린 수녀원 담을 따라

오후의 기울기가 쓸쓸해진 네 시 무렵

금이 간 그리움처럼 빈 접시가 붉었다

바람의 무게 중심이 바뀔 때마다 휘청

받쳐 든 절대고독 반쯤 쏟다 남은 자리

또다시 붉게 고이는 여름 적막 한 접시

영언 동인을 결성한 지 10년의 세월이 흘러 마침내 10주년을 맞이하게 되었다. 청구영언에서 이름을 딴 '영언'은 노래를 뜻한다(歌永言). 우리는 영언답게 이 시대를 마음껏 노래하며, 오늘도 세상을 향하여 끊임없이 작품을 생산하고 있다.

영언 동인이 선정한 네 번째 작품은 박권숙 시인의 작품「접시꽃」이다. 동인들이 제각기 가져온 시편 중에서 심도 있는 논의를 거쳐 선정된「접시꽃」을 동인 결성 10주년을 기념하는 호에 싣게 되어 다른 어느 때보다 오래도록 기억되리라 생각한다.

그동안「접시꽃」이란 제목으로 나온 작품들을 우리는 이따금 보아왔다.「접시꽃」제목의 오래된 연원을 거슬러 올라가면 신라시대 최치원에서부터 오늘에 이르기까지 작가의 개성에 따라 수많은 양상으로 노래되어 왔다.

Heidegger, Martin은 작품의 존재가 갖는 본질적 성격은 "세계의 열어 세움과 대지의 불러 세움"이며, 여기서 "세계란 단순하고 본질적인 결정들을 이루는 광활한 궤적들이 스스로 열어 놓는 개시성Offenheit"인데 비해 대지는 "끊임없이 자기를 폐쇄하거나", "혹은 발현하는 모든 것들이 그 자체로 되돌아가는 곳"이라 했다.

오성호는『서정시의 이론』에서 작품은 그 자체로써 단순한 사물(대지, 즉 최초의 질료인 상태)로 환원하려는 경향과 인간화(세계, 인간으로서의 삶이 이루어지는 의미)되려는 경향 사이의 긴장과 대결 속에 존재하는 것이다. 이때 작품에서 일어나는 세계와 대지의 투쟁은 단순한 상쟁相爭이 아니라 상생相生이라고 했다.

이렇게 팽팽한 과정을 거쳐 생산된 작품이「접시꽃」이다. 이 시편은 통상적인 속성을 지닌 접시꽃을 차별화하여, 혼자만의 꽃을 피워내기 위해 수없이 단련하는 공정을 거쳤을 것이라는 생각에 숙연한 마음으로 대하게 된다.

첫째 수 초장 접시꽃이 피어 있는 장소를 따라가 본다. 시인은 꽃이 피어 있는 장소로 수녀원 담을 선택했다. 수녀원 담은 성聖과 속俗을 분리하는 역할을 하지만, 그 사이에 피어 있는 접시꽃은 묘하게도 성聖에 치우치지 않고 속俗을 아우르며 중심을 잘 지키고 있는 꽃으로 보인다. "오후의 기울기"가 "쓸쓸해진 네 시 무렵"은 하루 중참으로 어중간한 시간이다. 일을 가진 사람들은 일이 덜끝난 시간이라 마무리에 몰입해 있을 터이고, 일을 갖지 않은 사람일지라도 여열이 남아 있는 여름 네 시 그 시간에 한가로이 산책을 하기에는 부담스러운 시간이다. 그러니 아무도 지나지 않는 담을 따라 핀 접시꽃은 당연히 쓸쓸할 수밖에 없는 시간이다. 그럼에도 불구하고 "금이 간 그리움"을 반영한 빈 접시는 붉다. 여기서 그리움에 패배하지 않고 원형을 지키는 접시꽃에서 삶의 의지를 읽을 수가 있다.

둘째 수에서는 사방에서 예측할 수 없는 "바람의 무게 중심"이 바뀔 때마다 삶의 무게 중심을 지탱하고 있는 꽃대는 한 번씩 휘청거리지만 "절대고독"만큼은 함부로 세상에 흘리지 않는다.

Richard Wolff는 고독에는 한 가지 이상의 종류가 있기 때문에, 고독의 다른 종류들을 구별 짓는 것이 중요하다고 하며 자신에게 과한 것일 수도 있고 아니면 자기 힘으로 어쩔 수 없는 환경에 기인할 수도 있다고 했다. 그것은 인간 조건의 본질적인 일부분으로서 불가피한 것일 수도 있다고 했다.

Paul Tillich는 "우리들의 언어는 현명하게도 혼자 있는 인간 상황의 양면을 잘 파악하고 있는데, 그것을 '고적孤寂'과 '고독孤獨'으로 구분하였다. '고적'은 혼자임의 아픔을 강조하는 말이요, '고독'은 홀로임의 영광을 주장하는 말이라 했다. 여기서 고적을 수동적 고독이라 하고, 고독을 능동적 고독이라 할 때, 수동적 고독은 부정적인에 것에 반해서 능동적 고독은 긍정적일 수 있다. 또한 수동적 고독은 '어쩔 수 없이 혼자 있게 될 때' 존재하는 것이며, 능동적 고독은 '혼자 있기를 선택했을 때' 생기게 된다고 했다.

박권숙 시인, 그는 인간으로서 누릴 수 있는 고결한 특권인 '절대고독'을 접시꽃에 투영함으로써 삶을 잘 견뎌나가는 인간의 숭고한 모습을 그리고 싶었을 것이라는 생각이 든다. 그런 까닭에 마지막 장에 "또다시 붉게 고이는 여름 적막"은 단순히 쓸쓸함을 가볍게 하나 더 얹는 "한 접시"가 아니라 자정작용에 의해 더 견고해진 형이상학적 '절대고독'을 절절히 맛보게 한다.

　영언 동인이 선정한 〈올해의 시조 작품〉은 시조단 최고 수준을 대표하거나 문학성이 가장 뛰어난 것을 의미하는 것은 아니다. 우리 주변에 있는데 미처 발견하지 못한 작품이 있을 수도 있다. 다만 우리가 모인 그 시간에 제각기 선정해 온 작품 중에 가장 큰 공감을 얻은 작품이기에 「접시꽃」은 세상을 향하여 한 번 더 피어날 수 있는 기회를 얻게 된 것이다.

2017년 7월 15일
영언동인이 선정한 〈올해의 시조〉(집필: 이숙경)

영언동인 제7집

두루마리구름

ⓒ 영언동인, 2017

1판 1쇄 인쇄 ｜ 2017년 11월 01일
1판 1쇄 발행 ｜ 2017년 11월 10일
지 은 이 ｜ 윤경희 외 10인
펴 낸 이 ｜ 이영희
펴 낸 곳 ｜ 이미지북
출판등록 ｜ 제324-2016-000030호.(1999. 4. 10)
주　　　소 ｜ 서울특별시 강동구 양재대로122가길 6, 202호
대표전화 ｜ 02-483-7025, 팩시밀리 : 02-483-3213
e - m a i l ｜ ibook99@naver.com

ISBN 978-89-89224-42-6　03810

이 도서의 국립중앙도서관 출판예정도서목록(CIP)은 서지정보유통지원시스템 홈페이지(http://
seoji.nl.go.kr)와 국가자료공동목록시스템(http://www.nl.go.kr/kolisnet)에서 이용하실 수 있습니다.
(CIP제어번호 : CIP2017027237)